Carmela Pregadio

Affresco di famiglia in cinque racconti

Youcanprint *Self - Publishing*

Titolo | Affresco di famiglia in cinque racconti
Autore | Carmela Pregadio
ISBN | 978-88-91127-65-5

Youcanprint Self-Publishing
Via Roma, 73 – 73039 Tricase (LE) – Italy
www.youcanprint.it
info@youcanprint.it
Facebook: face book.com/youcanprint.it
Twitter: twitter.com/youcanprintit

Giulio

Non avevo mai capito il Big Bang, neppure quando, adulto e professore di scuola media , avevo dovuto parlarne ai ragazzini. Che da quello scoppio terribile e confuso fosse poi scaturito tutto il mio universo lo sapevo , ma non lo capivo.

Invece i ragazzini, anche i più tonti, sembravano percepirlo subito e si impossessavano di quel concetto con una facilità e naturalezza che non li accompagnava in altri pensieri.

Quella mattina mi era tornata in mente quest'idea per una lettura della pagina scientifica di un giornale e, ora, mentre stavo in quel momento felice in cui mi preparavo il caffè e aspettavo di berlo, un po' mi disturbava: c'erano tante cose a cui potevo pensare e invece arrivava inaspettata quella palla di fuoco nel mio cervello desideroso di immagini, certo più parziali ,ma più facili da mettere a fuoco nella mia mente un po' stanca di professore solo e in pensione.

Cercavo di fissare lo sguardo sulla tazzina blu cobalto e oro che avevo letteralmente sottratto ,in un suo raro momento di distrazione, ad Erminia, la mia ex-moglie, mentre decidevamo che cosa avrei potuto prendere da quella che diventava la mia ex-casa, dato che si teneva praticamente tutto lei. Anzi, ne avevo prese due di tazzine, nel caso che, nella mia nuova vita da single ,qualcuno avesse voluto condividere un caffè con me, chissà!

La tazzina era fondamentale perché il caffè mantenesse la sua attrazione: era una di quelle che Erminia chiamava pignolerie e che la mandavano in bestia, come si dice, come il mio modo di ripiegare i pantaloni o la posizione che assumevo prima di addormentarmi e che doveva essere quella e non un'altra. Pignolerie, ma io sapevo che erano un'altra cosa, era la mia sessualità fatta di pudore, desiderosa di tenerezza, un po' femminea, forse, ad innervosire Erminia: non ero eccitante, così non poteva amarmi, punto, era finita, dovevo andarmene.

Avrei potuto tornare da mia madre, che era rimasta vedova, sola e mi avrebbe accolto a braccia aperte, come si dice, ma era molto vecchia, aveva desiderato tanto il mio matrimonio con Erminia, la figlia della sua magliaia, una cara ragazza, perché darle un dolore.

Sarei rimasto a vivere in città e non le avrei detto nulla, anche se, in fondo,quella pignoleria, quel bisogno di tenerezza, quel rispetto profondo delle donne, era da lei che li avevo presi.

Cambiai giornale per cambiare pensieri e mi immersi nelle notizie: saltava l'ennesimo processo a Berlusconi, spuntava lo scandalo delle Escort, un marito accoltellava la moglie.

Lascio la cronaca che boccia il mio modo di vivere, ma si sa che non sono le vicende edificanti quelle che arrivano sui giornali, vediamo la politica: mentre l'economia è in grave sofferenza e molte famiglie arrancano, si moltiplicano i casi di corruzione, di sottrazioni di capitali al bilancio dello Stato per uso personale, di connivenze con la malavita organizzata.

"Senti Giulio, sai che ti dico, usciamo, questo caffè oggi non ti riesce!"

Fuori c'è un'aria quasi estiva, infatti il mio gatto si è messo sul davanzale della finestra e osserva chi passa come se stesse facendo un serio e profondo lavoro, guarda anche me, io lo accarezzo per salutarlo, il davanzale non è molto alto,abito al piano rialzato del palazzo, l'affitto costa meno ai piani bassi. Mi avvio verso il Parco.

"Professore, professore, ma è lei..."

Ci metto tutta la mia attenzione e ricordo, sembra, è Valeria, Valeria Mariani, l'avevo incontrata quando ormai insegnavo al Liceo, è un po' cambiata, ma sempre molto carina: spinge una carrozzina, dentro c'è un maschietto sui tre anni. Mi guarda sorridendo e sento che si aspetta una parola gentile , affettuosa,ma non trovo di meglio che parlarle della mia cerimonia del caffè:"Non sono riuscito a prendermi un caffè decente stamattina,vuoi che ce lo pigliamo insieme, hai qualche minuto?" "Certo, con piacere ", dice Valeria, ma appena può sente l'improrogabile bisogno di raccontarmi tutto il suo dolore. Il bambino è bello, cresce bene, ma il suo ragazzo non era pronto,così ha detto, per fare il padre e lei ora è sola, ha dovuto abbandonare gli studi, ma almeno non deve più subire gli scatti d'ira e le violenze di quell'uomo che sembrava tanto innamorato. Ci siamo seduti su di una panchina del Parco e Valeria, mentre racconta, piange,poi mi appoggia la testa sulla spalla. Io penso a tutto quello che potrebbe seguire a quell'abbandono e , in pochi attimi, capisco cos'è il Big

Bang:quell'esplosione dalla quale può nascere un mondo nuovo.

E mi vien fatto di pensare che si sia già verificato, dopo la prima grande esplosione della materia, un'altra grande esplosione ,quella dei nostri valori, delle nostre gerarchie, dei vecchi poteri. In questo nuovo Medio Evo dal quale dovrà nascere un Nuovo Mondo o la fine di tutto, sembra consentita qualunque scelta, anche che io, Giulio, approfitti della situazione e accarezzando il capo di Valeria la porti nella mia vita.

Ma Giulio solleva dolcemente la testa di Valeria, fa in modo che si appoggi alla panchina, la bacia sulla fronte e si allontana. E' stato forte,forse Erminia sarebbe stata fiera di lui, ma un'auto lanciata a tutta velocità non lo vede, mentre attraversa la strada che lo porta all'esterno del Parco e interrompe i suoi pensieri.

Maurizio

E quindi uscimmo a riveder le stelle…Fu il primo verso che venne in mente a Maurizio all'uscita dalla Chiesa.

Gli succedeva sempre così quando c'era un avvenimento importante nella sua vita, sembrava che la mente lo incasellasse dopo averlo catalogato con una massima o con il verso di una poesia o di una canzone.

Ecco anche quel che era successo oggi veniva riposto e affossato nella sua mente. Anche se , per la verità, il sole caldo che l'aveva accolto all'uscita dalla Chiesa non aveva niente in comune con le stelle,ma un legame , nel mondo delle sue personali associazioni, c'era: usciva all'aperto, niente più odore d'incenso e di fiori, luce luminosa e non ombre trasmesse dalle vetrate colorate della Chiesa.

Si chiudeva un capitolo e, forse, senza nessuna cattiveria e senza una sua diretta responsabilità, c'era anche una soluzione ai suoi problemi.

Nella Chiesa si era svolto il funerale di Giulio, suo fratello.

C'erano poche persone nei banchi della famiglia, Giulio aveva pochi amici, era venuta Erminia, anche se già divorziata e suo figlio Paolo, l'amato nipote di Giulio.

Nell'altro lato della Chiesa,però, c'erano molti ragazzi ed erano visibilmente commossi: erano tutti ex allievi di Giulio, ma come avranno fatto a sapere così in fretta la notizia della morte del loro ex-professore?

Magie di Internet, pensò Maurizio.

L'omelia fu breve, il prete, un giovane dall'aria sveglia, disse che non poteva dire nulla del professore, frequentava pochissimo la Chiesa, ma certo Nostro Signore lo conosceva molto bene,lui, il sacerdote, avrebbe lasciato parlare i ragazzi.

I ragazzi raccontarono vari episodi in cui Giulio era il padre attento che chiaramente tutti avevano desiderato, ma, ad ognuno, il ricordare concedeva un attimo di protagonismo, un attimo in cui parlare di sé e della propria vita in un'atmosfera solenne e rispettosa. Rispondevano ad un bisogno e, ancora una volta, il professore apriva per loro uno spazio di vera vita.

Per ultimo parlò Paolo: sull'altare della Chiesa espresse tutto quell'amore e quel rimpianto che mai avrebbe avuto il coraggio di confessare in altre circostanze, lì, nel buio della Chiesa , non vedeva il suo pubblico, soprattutto non vedeva suo padre e neppure Erminia, che aveva abbandonato Giulio. Gli sembrava che solo suo zio lo ascoltasse e voleva dirgli tutto , tutto, prima che la bara sparisse .

Ci fu un momento di commozione generale,e Maurizio pensò:" Parla bene, il ragazzo, ma è fragile come sua madre"

Certo non si era annoiato mentre parlava suo figlio, ma mentre parlavano gli altri ragazzi sì, e che Diamine!, impacciati, a volte prolissi, sarebbe uscito a fumare se non ci fosse stato da osservare lo spettacolo di Erminia.

Non l'aveva riconosciuta subito, tanto era cambiata, tacchi alti, un abito bianco e nero elegante, ma decisamente provocante per il modo in cui la disegnava, nuovo trucco, nuova pettinatura,l'avrebbe invitata volentieri a pranzo se non ci fosse stato Paolo che certo avrebbe detto," Ma ti pare il momento di festeggiare?".

Quant'è bella giovinezza, che pur fugge tuttavia…e così anche Erminia veniva dimenticata e lasciata al suo destino. Erano usciti dalla Chiesa e Maurizio aveva acceso una sigaretta mentre aspettava Paolo, Erminia si avvicinò per salutarlo, aveva un'aria leggera, un sorriso dolce e rassicurante, i capelli appena mossi da una brezza lieve e nulla faceva pensare che la morte sarebbe entrata presto e di nuovo nella sua vita e questa volta per strapparle qualcosa di ben più prezioso, non una storia ormai conclusa, ma la Grande Illusione dell'Amore.

Ma questo pensiero non poteva neppure sfiorare Maurizio e quindi non potè pensare " nel doman non v'è certezza", anzi, per lui, con la morte di Giulio, qualche certezza si apriva: si poteva vendere la casa paterna che ora era solo sua, avrebbe potuto pagare qualche debito di gioco senza ricorrere a sua moglie, Margherita, generosa ,sì, ma limitata e limitante, sempre in ansia per Paolo, ma del fatto che era troppo serio e bravo doveva preoccuparsi, era vecchio, Paolo era vecchio, come Giulio, come lei Margherita e allora che cosa volevano da lui?

Ma ecco Paolo : si era intrattenuto con i ragazzi, con il sacerdote ,ora era pronto per tornare a casa, da Margherita, che non aveva potuto seguirli perché immobilizzata da una brutta e recente caduta.

"Hai visto Erminia, disse a Paolo, non riuscendo a frenare il suo prurito mascolino, " incredibile, trasformata, certo non poteva stare con uno come Giulio, Giulio era uno che si fa lasciare dalle donne, non come me, vedi, Margherita, sì,non si può dire felice,ma non mi lascerebbe mai, vorrei che tu le capissi queste cose",

"Forse le ho capite, papà, ma ce ne sono altre che tu dovresti capire e che io dispero ormai di riuscire a comunicarti"

"Allora sai che ti dico? Ti faccio una proposta irrinunciabile: io ora vendo la casa dei nonni, pago i debiti che ho e mi affitto una barca. Vado a fare un giro per le isole ,vorrei arrivare fino alla Corsica e, se tu non vieni, mi porto una ragazza e sarà colpa tua.

Margherita no, lei in quel periodo va alle terme con suo padre ,a Bormio,dove tutti li conoscono, li riveriscono, dove tutti riferiscono tutto a chi di dovere e non si può far nulla di divertente, non vorrai mettere in berlina il cavalier Sacchini, tuo nonno, che , di conseguenza, ne soffrirebbe il buon nome della Ditta! E allora, che fai , vieni? Io parto a fine Giugno”.

“Papà hai dato un occhio al mio calendario d’esami? Io non sono libero prima della fine di luglio”

“E non si può pensare a tutto, figlio mio, io ormai , per la verità ho già fatto prenotazioni e itinerari”

“ Ho capito papà, adesso andiamo a casa”

Maurizio aveva suonata l’ennesima nota stonata: e, ‘se me lo dicevi prima’, ed ora non se la sentiva di tornare a casa con Paolo immusonito e Margherita che certo voleva parlare di Giulio e di quanto gli era affezionata , tanto che sembrava più fratello di lei che di Maurizio, e di quanto la vita è ingiusta e crudele e, allora, trovò un impegno improrogabile per lasciare suo figlio e riguadagnare la sua libertà.

“ Vai tu , Paolo, fai compagnia alla mamma , io ho tempi troppo stretti per la pausa pranzo,falle compagnia anche per me, certo sarà distrutta per la morte dello zio, ciao, va, va”

La giornata era calda e piacevole, avrebbe mangiato qualcosa di leggero, ma di stuzzicante in una bella tavola calda con i tavolini all'aperto, niente salotti bui, niente stampelle e sedia a rotelle di Margherita, niente "Cara come ti senti?", niente silenziosi rimproveri negli occhi di Paolo. Niente.

Si sedette al Bar del Corso e si ritrovò a canticchiare .Che bella cosa na jurnata e sole, mentre la cameriera sorridente diceva " Bella giornata, vero, che portiamo al Signore?"

Margherita

Quando Paolo arrivò a casa , al contrario di Maurizio, non si aspettava di trovare sua madre in lacrime o , quanto meno, con umore depresso . Lui la conosceva bene, molto meglio di Maurizio , e sapeva quale grande attrice era.

Di fronte a Maurizio forse avrebbe assunto il ruolo di colei che soffre, ma , se non c'era suo marito, non era il caso di impegnarsi in una recitazione melodrammatica.

Paolo si aspettava di trovarla a tavola, leggermente contrariata per il suo ritardo, seduta al tavolo da pranzo, nella penombra del soggiorno freddo ed essenziale come un ufficio di rappresentanza, con Caterina, la loro domestica, che si affaticava intorno a lei.

Il pensiero gli diede un sottile fastidio per l'affetto profondo che portava a Caterina, da sempre la sua tata, la persona che, nella famiglia, lo capiva di più.

Qualcosa che non si aspettava , però, riuscì a trovarlo: sua madre era seduta al tavolo da pranzo, aveva un'espressione neutra, come spesso le accadeva, ma allo stesso tavolo sedeva l'ingegner Robecchi, l'amministratore delegato della ditta del nonno.

" Ciao, Paolo, tuo padre non c'è, manco a dirlo, hai visto, c'è Robecchi, sapendo della nostra disgrazia , ha voluto farci visita e io l'ho invitato a rimanere con noi. Fra l'altro, abbiamo da discutere molte cose dell'azienda ,perché,come tu sai, da quando ho il gambone, non ci ho messo piede."

" Buon giorno ingegnere", disse Paolo e si sedette per il pranzo.

Caterina aveva per lui un menu alternativo, perché sapeva che non avrebbe mangiato volentieri in una giornata come questa.

Paolo le rivolse uno sguardo fatto di gratitudine e di complicità e chinò gli occhi sul suo piatto

Margherita e l'ingegner Robecchi parlavano fitti fitti di problemi della Ditta: in effetti lo escludevano dalla conversazione e Paolo non poteva chiedere nulla di meglio.

Fu il telefono ad imporre un altro personaggio in quella scena.

Mentre Paolo pensava a suo padre e si domandava se poteva sentirsi veramente sicuro della fedeltà e dell'amore di Margherita, Caterina arrivò con un cordless dicendo " E' per te Paolo, il sig. Stefano"

Paolo prese il ricevitore mentre Margherita spiegava all'ingegner Robecchi quanto fosse rompiscatole questo compagno di studi di Paolo.

Con il ricevitore in mano , Paolo si allontanò di qualche passo dal tavolo da pranzo, per non disturbare, ma anche per non sembrare ineducato.

Si sentivano solo le sue risposte, nella stanza, che dapprima avevano un tono quasi scherzoso, ma che diventavano via via più accorate, quasi supplichevoli.

" Stefano, ma che dici, non puoi pensare cose simili, tu sai che non ti direi bugie, non accadrà niente, prenditi una delle pillole che ti ha dato la psichiatra e poi, perché le hai smesse, chiamala , Stefano, io vengo da te, vengo subito, ciao."

Era chiaro quello che stava accadendo : Stefano, malato da anni, con una famiglia tutta segnata dalla follia dopo il parto della madre, era ricaduto in uno dei suoi deliri e cercava l'amico più sensibile , più fedele.

Margherita lo guardò uscire in fretta e allungò la mano sul tavolo verso l'ingegnere che già aveva offerto la sua.

" E' un brutto periodo per Paolo,la morte di Giulio, questo Stefano che si appoggia a lui, ma io vorrei parlare a mio figlio dei nostri progetti, del mio divorzio, non vorrei che lo sapesse dal padre". "Capisco,Margherita, ma va fatto, vuoi che ci pensi io ? Mi sembra un ragazzo maturo,ragionevole."

Certo che no, toccava a Margherita.

L'ingegner Robecchi si alzò per tornare in ditta , diede un bacio sulla fronte a Margherita guardando verso la porta della cucina per assicurarsi di non essere osservato da Caterina, cosa che poi non avrebbe cambiato nulla, ma le apparenze hanno pur sempre il loro peso.

Il pomeriggio passò in modo diverso per ognuno di loro e la sera, gioco forza, si sarebbero ritrovati.

Quando rientrò, Paolo trovò sua madre sempre in soggiorno, sempre seduta come ci si aspetta da una persona con un arto ingessato, ma meno distesa: aveva un colore acceso sulle guance e i capelli leggermente spettinati come di chi ha appena avuto una discussione piuttosto vivace.

Non volle subito chiedere spiegazioni, ma cercò nella casa per vedere se anche Maurizio era rientrato, non poteva certo essersi agitata tanto per Caterina, non era nello stile di sua madre.

Maurizio era in camera sua, fumava e sembrava parlasse da solo. " Hai capito, la Signora, ma chi l'avrebbe detto, io perdo terreno economico e lei si è già rifatto il patrimonio, a mie spese naturalmente, perché la casa spetta a lei, il figlio sta con lei e il fesso se ne va, ma io non sono Giulio, non me ne vado dignitosamente, me ne frego io della dignità se deve essere solo a scapito mio, i vostri giochini ve li rivolto, la vedrete , tu e tuo padre, la vedrete la guerra che vi farò e quel lumacone di Robecchi, ci sarà da divertirsi.

Ora me ne vado , prendo la barca e me ne vado, ma guai a chi tocca la mia roba, fammi pure una stanza per poter dormire sola e sognarmi mentre sei costretta a farti quel viscido verme che ti sei scelto, io contatto subito il mio avvocato e non farete nulla che mi danneggi.

Paolo faccia quel che vuole , tanto lui non mi ha mai amato, lui aveva Giulio, lui, ma neanche tu Margherita sei molto amata, tuo figlio sa chi sei, l'aveva capito prima di me, coglione, e aveva anche tentato di dirmelo, ma tant'è , io ci credevo nella signora per bene innamorata del marito, bla, bla, bla…"

Margherita sentiva ogni parola , dal soggiorno, avrebbe voluto rispondere, intervenire, ma non poteva muoversi e da quella distanza faticava a farsi sentire.

" Paolo, diglielo tu che la smetta, c'è Caterina…"

Naturalmente Caterina aveva capito ogni cosa da tempo e non c'era da preoccuparsi, ma qualcosa doveva pur dire Margherita per fermare l'onda in piena della collera di Maurizio.

Faceva quasi pena quell'uomo di mezza età, ancora bello, vestito come un ragazzo,che assisteva alla sua cacciata di casa incredulo, sbalordito.

Paolo , come Caterina, sospettava da tempo quello che stava accadendo, ma forse l'idea del divorzio non l'aveva ancora del tutto realizzata.

Aveva nella mente e negli occhi Stefano: aveva faticato non poco a lasciarlo, mentre lo supplicava di restare a dormire con lui, a vivere qualche giorno nella sua casa fino al ritorno di suo padre, che era in clinica , con sua madre, che stava di nuovo molto male.

Che cosa avevano in comune questi due mondi in cui lui viveva: due famiglie, una tutta tesa nella ricerca del proprio benessere, una tutta aggrappata al bisogno di difendersi, di salvare il salvabile delle proprie menti, dei propri corpi.

Si potevano chiamare tutte e due famiglie,ma che cosa avevano in comune?

Un contratto di matrimonio, stipulato quando forse nessuno pensava al significato della vita, a quali   cammini voleva percorrere.

E lui, Paolo, si sentiva più estraneo alla propria famiglia che a quella di Stefano, si sentiva come chi combatte un'emergenza e non ha tempo per inutili diversioni, deve puntare sulle necessità più urgenti,deve agire, deve essere creativo, poi si penserà al resto.

Ora la domanda nella sua testa era : che cosa si può fare per salvare Stefano?

Maurizio entrò nel soggiorno e, quando lo vide, disse subito" Hai capito? Sai che cosa vuole tua madre? Tu lo sapevi e magari approvi, voi, benpensanti, starete insieme, bravi!"

Margherita si agitava sulla sedia:" Maurizio, sono problemi nostri, non ci mettere di mezzo Paolo, certo che il ragazzo starà qui, dove vuoi che vada, questa è anche casa sua!"

Ma Paolo ritrovò la sua voce e disse con molta calma" Io , stasera mangio e dormo da Stefano, poi vi farò sapere dove vivrò, voi fate quello che volete, ma non aspettatevi la mia compagnia"

Erminia

Da quando aveva lasciato Giulio una strana euforia si era impossessate di lei: non era più la stessa, la ragazza calma e riflessiva che amava il ricamo e la lettura.

Aveva scoperto l'ansia, la fretta , le amiche, il fascino degli abiti e dei negozi, la cura del proprio corpo, la gioia dell'apparire e i viaggi.

I viaggi non tanto per esplorare quanto per assaporare nuove cose, stare con le amiche,forse anche sperando in incontri interessanti.

Per quella vacanza Gabriella aveva proposto Barcellona ed Erminia l'aveva seguita senza neppure pensare a quali scenari poteva aprire quel viaggio.

Erano ubriache di chiacchiere quando scesero all'aeroporto spagnolo che subito le avvolse con un tono di modernità ed eleganza perfettamente consono alle loro aspettative. Trolley alla mano iniziarono a percorrere i lunghi corridoi che portavano all'uscita, quando Erminia, con grande disappunto di

Gabriella, perse un tacco della scarpa e lasciò volare una serie di depliant e di riviste che aveva sotto il braccio.

"Vedi di non perdere i biglietti che c'è il ritorno!" gridò Gabriella , ma Erminia aveva già trovato un cavaliere che l'aiutava a raccogliere i suoi fogli e scherzava con allegria sulla sua scarpa rotta.

" E se andassimo ad acquistare un paio di scarpe, qui, all'aeroporto, ci sono negozi bellissimi!" Propose lui.

Cavalleria spagnola, pensò Erminia, anche se era più che evidente che l'accento del cavaliere era italianissimo.

Comunque Erminia abbracciò la proposta di acquistare le scarpe, che cosa si poteva fare, camminare con un tacco solo era praticamente impossibile!.

" Si poteva aprire il trolley," disse Gabriella" e tirar fuori un altro paio di scarpe o ne hai portato solo uno?"

Erminia non l'ascoltava, aveva ringraziato e salutato lo sconosciuto cercando di fargli capire dove avrebbe potuto ritrovarla, se lo desiderava e, nell'euforica speranza di rivederlo, sentiva Gabriella un po' più ingombrane del Trolley.

Erano ancora sedute ad un tavolo del ristorante del loro albergo quando lo sconosciuto ricomparve.

Salutò, si sedette al loro tavolo e propose, per il dopocena, un locale che conosceva bene e dove si beveva e si suonava per tutta la notte. Del resto erano in tre,le ragazze non potevano dubitare delle sue intenzioni.

Erminia non si poneva proprio il problema e Gabriella li seguì anche se era visibilmente contrariata: aveva scelto male la sua compagna per le vacanze.

Per tutta la sera lo sconosciuto cercò le mani di Erminia , ma non fece nessun altro gesto che potesse metterla in difficoltà. Spendeva con disinvoltura , come chi non ha problemi di soldi, ma non metteva le ragazze nella condizione di sentirsi comprate, in qualche modo.

Ad un certo punto Gabriella gli puntò gli occhi addosso e gli chiese: " Si può sapere almeno come ti chiami? " Dimitri" rispose lui , senza aggiungere altro." E non ti sembra un po' poco per farti conoscere, un nome russo poi" disse ancora con un tono poco amichevole.

Erminia temeva che l'incanto di quell'incontro stesse per finire, ma Dimitri, che aveva parlato pochissimo di sé, cominciò a raccontare travolgendole con un fiume di parole che sembrava volessero colmare tutta la notte.

Ad un certo punto Gabriella fece ricorso alla stanchezza del viaggio e si fece riaccompagnare in albergo trascinando con sé anche Erminia.

La mattina Dimitri ricomparve al seguito del cameriere che portava la colazione in camera cantando a pieni polmoni il celebre pezzo di Pavarotti: Buongiorno al nuovo giorno…Per Gabriella era troppo e cominciò a studiare un piano per liberarsi di lui.

Non riuscì nel suo intento perché Dimitri raccontò che la sua vera meta non era la Spagna, ma il Portogallo, Lisbona, lui voleva andare alla muraria e immergersi nel Fado, che esprimeva tutto il suo sentire. Pensava che a Gabriella forse non sarebbe piaciuto, ma per Erminia non aveva dubbi, si sarebbe innamorata del Fado e poi lui l'avrebbe riaccompagnata in Italia.

Erminia per un attimo si trovò nella traiettoria di un fulmine tra lo sguardo di Gabriella e quello di Dimitri, ma aveva già deciso.

Come aveva deciso di lasciare Giulio ,ora, con la stessa forza, ma con una grande gioia, decideva di seguire Dimitri.

Partirono per Lisbona. La muraria parlava di povertà , ma anche d'arte e d'amore. Non c'erano ostacoli ad una passione che aveva trovato la sua inquadratura perfetta ed affascinante.

Il Fado li accompagnava ovunque e Dimitri sembrava più taciturno, più misterioso.

Le aveva regalato un costume tipico delle cantanti del Fado ed amava che lei lo indossasse. Facevano vita quasi solo notturna e nei locali Dimitri spesso beveva tanto da spaventarla, ma non succedeva mai nulla di preoccupante.

Infine ritornarono in Italia: Erminia fece il viaggio piangendo perché pensava ad un'imminente separazione, ma non osava rivelare a Dimitri le sue paure: temeva di pretendere troppo chiedendo alla loro felicità di sopravvivere alle vacanze, ma fu lui a mettere fine ad ogni suo tormento:"Io non mi separerò mai da te, Erminia, tu sei l'unica persona che mi ha seguito ed amato senza porre condizioni. Io verrò a vivere da te e intanto preparerò la mia famiglia alla nostra unione."

Erminia riprese la sua vita, il suo lavoro ,dopo aver fatto qualche piccolo cambiamento nella sua casa per accogliere Dimitri, lui aveva solo la valigia del suo viaggio e sembrava non gli servisse altro.

I giorni passavano in un ritmo di apparente normale quotidianità, ma Erminia si sentiva ancora preda di una forte emozione e si trovava a guardare Dimitri, a spiarlo, direi, come si guarda uno sconosciuto,uno sconosciuto che era nella sua casa ,che stava ore e ore tra le sue braccia.

Era distratta, tesa anche se si sentiva felice e non aveva tempo di pensare a nessuno, ma un giorno, quando Dimitri le disse che non sarebbe rientrato per cena, decise di telefonare a Gabriella dall'ufficio, di tentare un invito per cena a casa sua , per sondare il terreno e ricomporre un'amicizia alla quale teneva. Certo si era comportata in modo singolare e anche se il gioco si rivelava sempre più importante , sentiva di aver rovinato le vacanze dell'amica e voleva scusarsi, dimostrare, raccontare, spiegare.

Il tono di Gabriella , al telefono, non fu dei migliori, ma, in fondo, anche lei era incuriosita da questa storia (d'amore?) e accettò l'invito di Erminia.

Quando arrivarono nel soggiorno della casa di Erminia ed accesero la luce , la stanza rimandò ai loro occhi luci e visioni del tutto inaspettate: le pareti, che erano di un riposante ed uniforme verde pallido,si erano accese di colori forti, insoliti e mentre su di una parete comparivano forme gigantesche , appena abbozzate, di grandi mammiferi marini,sulle altre sembrava di vedere grandi Mandala e altri   segni incomprensibili per le due donne, potevano essere simboli della sessualità come apparivano nei quadri di Klimt,ma alle ragazze non venne questo pensiero.

Erminia disse:"Dimitri!" e Gabriella rispose" Tu stai con un pazzo, Erminia!"

Non riuscirono a cenare, cercarono fra i pochi oggetti di lui qualcosa che confermasse i racconti sulla sua vita ,sulla sua famiglia, ma trovarono solo carte di credito, ,conti pagati e , unico motivo di sospetto, scatolette di farmaci antipsicotici del tutto intonse, mai aperte.

Erminia non era spaventata, guardava quei disegni sulle pareti e le sembrava di abbracciare Dimitri, provava un senso di gioia e di sgomento insieme.

Gabriella però questa volta fu risoluta, non ammetteva obbiezioni,avrebbero aspettato Dimitri insieme e avrebbero cercato di sapere di più, di capire meglio: perché quei disegni, perché quei farmaci? E dov'era il suo lavoro, la sua famiglia?

Aspettarono sedute su di un ampio divano finché il sonno le vinse , ma Dimitri non ritornò.

Non ritornò né quella sera né nelle sere successive, tanto che Gabriella lasciò la casa di Erminia come si lascia qualcuno che deve affrontare un dolore al quale non si può porre rimedio: Erminia entrava nella schiera delle donne ingannate che devono fronteggiare gli eventi facendo ricorso al coraggio.

Erminia non disse nulla, lasciò che l'amica tornasse alle sue abitudini .

La sera, quando tornava dal lavoro, guardava i disegni di Dimitri, suonava i dischi della murarìa e mentre Dalida cantava il Fado accarezzava le pareti sperando di capire che cosa le era successo.

Una sera qualcuno venne a farle visita: era il fratellastro di Dimitri. Come si parla ad un negoziante al quale devi saldare un conto le disse che Dimitri era morto, probabilmente si trattava di un suicidio, ma, del resto, c'era da aspettarselo, pazzo com'era, ma quello che non era atteso era il testamento in favore di Erminia, una di cui la famiglia ignorava del tutto l'esistenza e una che avrebbe potuto molto facilmente essere accusata di plagio ai danni di un malato di mente per di più molto ricco, o si voleva parlare d'amore?

Erminia faceva fatica a comprendere , Dimitri se ne era andato a morire da solo, mentre lei avrebbe potuto, forse, aiutarlo.

Le offrivano del denaro per rinunciare all'eredità, ma a lei quel denaro non serviva, potevano intentare causa, lei non avrebbe mai sottoscritto nulla che fosse contro il volere di Dimitri, loro , piuttosto, la famiglia, potevano dare a lei gli oggetti personali di Dimitri, lei voleva sapere tutto di lui,questo l'avrebbe indotta ad essere più arrendevole nella controversia sui beni della famiglia, perché sì, lei amava Dimitri e si doveva fare tutto per amore, per quell'amore assoluto e tragico che vive nel Fado.

Paolo

Per parecchi mesi Paolo andò a dormire in uno studio della ditta del nonno.

Aveva fatto portare lì un divano letto ,svuotato un armadio che, in fondo, non conteneva nulla di interessante e facilmente aveva trovato posto per i suoi libri negli scaffali dello studio e aveva occupato la scrivania del nonno.

Quella collocazione doveva servirgli per portare a termine gli studi e per non vivere né con sua madre né con suo padre.

Mangiava alla mensa con gli operai della ditta e cercava di capire che cosa veramente voleva fare del suo futuro. Margherita aveva cercato più volte di incontrarlo e l'aveva supplicato di tornare a casa, aveva perfino invitato suo padre a proibirgli di vivere lì, in ditta,senza una vera casa, ma non aveva trovato alleati.

Il nonno, che pure non stimava Maurizio, si sentiva più tranquillo quando c'era lui a fianco di Margherita, Maurizio non amava la ditta,amava solo certi privilegi che derivano dal denaro, ma non il denaro come valore in sé.

Ora , l'unione Margherita-Robecchi lo spaventava : due ambiziosi,desiderosi di potere, affascinati dal ruolo di manager di una ditta florida e conosciuta, potevano avere fretta di metterlo da parte, con la scusa del nuovo, del giovane, dell'economia che vola sul web e della sua distanza dal mondo virtuale.

Ma Paolo era giovane, era laureando in ingegneria e sapeva muoversi su quelle dannate tastiere e su quelle tavolette misteriose con le quali oggi tutti parlano evitando accuratamente di parlare con lui, ad esempio, con la gente , in generale.

IL divorzio, come l'aveva saputo, da Paolo, che ancora ha un certo rispetto per suo nonno e una certa umanità , che lo intristisce, ma aiuta chi gli sta vicino.

Paolo era il suo baluardo, anche se aveva dichiarato di non volersi occupare della ditta, di voler lasciare a sua madre il suo giocattolo, ma, comunque, forse , vivendo lì, si sarebbe affezionato a tutto quel patrimonio che suo nonno aveva costruito.

Questi erano i pensieri del vecchio imprenditore e anche gli incubi che, nella notte, lo costringevano ad alzarsi, a controllare i documenti che teneva nella cassaforte, perché potevano verificarsi sorprese, potevano metterlo in difficoltà quei due che avevano accesso a tutto, praticamente.

Avvertiva da qualche mese un leggero tremore alle mani , ma non voleva parlarne con nessuno, già lo disturbava quell'aria tenera con cui Margherita e il suo nuovo compagno gli consigliavano periodi di vacanza, di riposo:

" Vai ,papà, ci siamo noi,te lo puoi permettere,hai lavorato tanto, ne hai assolutamente bisogno"

Volevano allontanarlo, era chiaro, ma quale disegno avevano in testa: lui non era stanco, la sua vita era nella ditta, non ci voleva uno psicologo per capirlo.

Paolo si rendeva conto dei turbamenti del nonno e , anche se non ne aveva mai apprezzato molto il modo di pensare, ora lo vedeva fragile, indifeso, alle prese con due , che dovevano essergli cari, ma che il vecchio considerava, non si sa se a torto o a ragione : il gatto e la volpe.

La sua mente però era altrove: aveva lasciato Stefano in una struttura per malati mentali, ogni tanto andava a trovarlo e ad ogni visita prendevano corpo nella sua mente infinite domande che non davano spazio ad altro.

Nello studio c'era un calendario che riproduceva quadri celebri, era ormai superato, perché si riferiva ad anni precedenti, ma era rimasto appeso per la bellezza delle sue stampe.

Era fermo su di un dipinto di Schiele: un autoritratto.

Aveva atteggiamento e modi da burattino , come se il pittore avesse voluto creare una caricatura di se stesso o mettere a nudo un inconscio tormentato e indefinito.

I colori erano vivaci su di uno sfondo inesistente e quindi ancora di più rendevano vivida l'immagine.

Le maniche dell'abito erano presentate con coprimaniche a strisce e davano il titolo al dipinto.

Per l'autore erano le tipiche maniche dell'abito dei buffoni di corte e completavano quell'immagine disarticolata , con un collo lunghissimo, gli occhi spalancati sotto sopracciglia arcuate e fronte corrugata che li mettevano maggiormente in evidenza.

I capelli rossi, le mani grandi e la loro postura facevano pensare alla follia, mentre era difficile sfuggire a quello sguardo su di un viso piccolo e appuntito che sembrava insieme prendersi gioco di chi lo guardava ma anche formulare una domanda.

A Paolo quelle maniche richiamavano alla mente le maniche dei carcerati o degli operai della fabbrica e a quello sguardo tentava il più spesso possibile di sfuggire.

C'era Stefano dietro quel dipinto, c'erano gli stessi colori che Stefano usava per i suoi schizzi, c'era la follia.

Sulla scrivania rimaneva aperto il libro di ingegneria genetica e quando la segretaria del nonno arrivava con un sorriso e con un caffè per il povero studente qualcosa si interrompeva e riusciva a ritornare sul libro di testo.

La genetica poteva essere confortante per lui: nella famiglia di Stefano la follia era di casa e anche quel pittore che lo tormentava con le sue domande assurde e colorate aveva vissuto la malattia mentale del padre e se ne era sentito investito, dominato. A Paolo non era toccata questa sorte, suo padre non era un eroe , ma nemmeno un uomo tormentato e sua madre era la concretezza fatta persone, ma una strana voce gli diceva :" Per quanto tempo?"

No, non erano persone da traumi psichici, non avevano vissuto in un clima culturale come quello di Schiele, tutto rivolto, per vie diverse , allo studio dell'inconscio, né erano contagiati dall'ansia tipica dei giorni nostri, insomma erano un po' ottusi, forse,ma sani e intanto che snocciolava questi pensieri sentiva il prepotente bisogno di andare a trovare

Stefano , di chiedere al professore che lo aveva in cura come stava.

"Lei è veramente un amico di questo poveretto,diceva il professore, "è fortunato ad essere tanto amato e certo le sue visite qualcosa di bene gli fanno, ma non illudiamoci, il decadimento in queste forme giovanili è inevitabile. Comunque qui è relativamente tranquillo,è taciturno, ma non aggressivo, non ha amici , ma si rapporta bene con il personale e con gli assistenti, ora , se vuole vederlo, vada , vada pure, non è ora di cena né di terapie,ma se viene al mattino , potete fare una passeggiata nel parco. Lei di che cosa si occupa? Ingegneria biomedica, interessante, pensi ai suoi studi giovanotto , non si tormenti, qui è affar nostro, mi creda."

Paolo andava allora nella camera di Stefano e , a volte, incontrava un'assistente esile, bionda, graziosa che faceva il giro per controllare i farmaci.

Stefano sembrava spossato,a stento sollevava il capo per guardare Palo, aveva gli occhi tristi, i capelli con un taglio che non era il suo e non gli donavano, contribuivano , come l'abito, a dargli un'aria trascurata , ma né i suoi gesti né la sua espressione tradivano la follia, una grande melanconia , questo sì.

Paolo era meno spaventato quando vedeva Stefano di quando pensava a lui attraverso il dipinto di Schiele.

Per qualche minuto riuscivano a parlare di cose ovvie, l'università di Paolo, la famiglia di Stefano, da quando non vedeva suo padre, se aveva notizie della madre e via così.

Ma ad un certo punto Stefano parlava di quell'angelo biondo che veniva a visitarlo , ma che aveva paura di lui e di come lui non riusciva a rassicurarlo e per questo tutti se ne andavano e anche Paolo, di lì a poco se ne sarebbe andato e lui , lui e le frasi si spezzavano , piangeva , teneva forte le mani di Paolo e creava nel cuore dell'amico un senso di malata impotenza, un senso di perdizione.

Allora arrivava un infermiere che ripeteva " Su, Stefano è bravo ,lascia andare il suo amico che domani torna, Stefano è bravo, Stefano è bravo."

Paolo si ritrovava nel lungo corridoio che portava all'uscita,con la sensazione di non avere equilibrio, di non riuscire ad arrivare al portone della clinica e di non poter affrontare il traffico della strada, ma poi sentiva l'aria fresca sul viso, sentiva il rumore rassicurante della strada e riusciva ad arrivare a casa.

Tornando verso casa si sentiva stanco, invecchiato, . " Per riacquistare la giovinezza basta ripeterne le follie", avrebbe detto suo padre che aveva mandato a memoria una frase celebre della quale non conosceva la paternità, ma che gli era sempre piaciuta, come la più bella arringa in difesa del suo stile di vita.

Ma quali follie, si chiedeva Paolo, certo non quelle di Stefano, dovevano essere follie entusiasmanti, emozioni dell'anima, amori, passioni, ambasciatori di felicità, ma allora perché chiamarli follie?

Per quel tanto di perdita di coscienza vigile che portavano con sé o per quell'inganno , fatto di dolore, che tenevano ben celato per poi svelarlo, all'improvviso, con un ghigno sinistro, in uno spazio scuro e incontrollabile della mente.

Forse la follia è contagiosa, pensava allora Paolo e io ci sto pensando troppo.

Ma tutti gli spazi liberi dallo studio li dedicava a leggere biografie di grandi uomini toccati direttamente o indirettamente dalla follia.

Lo consolavano i racconti biografici di chi aveva finto di essere preda della follia, per non affrontare situazioni per lui insostenibili o per punire qualcuno, che voleva essere felice escludendoli dalla sua vita.

Aveva letto una biografia di Schumann, in cui si sosteneva che il grande compositore aveva usato la follia come arma di punizione verso la moglie innamorata di un altro uomo.

E Stefano? Stefano che era il paziente al quale dedicava le sue riflessioni e le sue ricerche, perché si sarebbe rifugiato nella follia?

Ecco, rifugiato, forse questa era la chiave per capire :
Stefano aveva paura, paura di una famiglia di malati, paura di
non riuscire a far nulla per loro, ma anche per se stesso, troppo
solo, troppo fragile.

Forse per Stefano non ci volevano i farmaci e l'ospedale,
ma una famiglia, un supporto.

Poteva farsene carico lui, Paolo, l'amico del cuore?

Sarebbe stata una presunzione pericolosa, poteva non
farcela, non avere gli strumenti adatti, non era un medico, non
poteva gestire i farmaci e ,poi, tutte le ore della giornata, lui
solo, come avrebbe controllato la situazione, se Stefano avesse
fatto qualche gesto auto lesivo, non avrebbe potuto
perdonarselo.

Quella mattina si era alzato in fretta e senza neppure finire
di lavarsi aveva attraversato lo studio del nonno per andare alla
macchinetta del caffè dove forse avrebbe incontrato qualcuno,

operai o impiegati, e sarebbe stato costretto ad uscire dai suoi incubi.

Era stata una notte pesante, piena di sogni che riprendevano ininterrottamente dopo ogni risveglio: lui era sulla spiaggia e poi in acqua e si sentiva affogare, era piccolo , ma sua madre parlava sulla spiaggia con alcune signore e non lo vedeva affatto, era perduto, ma no, non era lui in acqua , era Stefano e lui doveva raggiungerlo, era un buon nuotatore, ma affondava i piedi nella sabbia e non guadagnava terreno, la riva si allontanava anziché avvicinarsi.

Stava per attraversare lo studio del nonno, verso la realtà, ma si accorse che, seduta di fronte alla scrivania c'era una signora, una giovane signora, una ragazza.

Si sentì a disagio perché si considerava non del tutto presentabile, ma salutò con cortesia e si presentò.

" Sono Paolo, il nipote del cavalier Sacchini, lei aspetta mio nonno?"

" Sì, ho un appuntamento con lui, ma mi fa piacere conoscerla, suo nonno parla sempre di lei, la ama molto, chissà che non possa darmi una mano a convincerlo ad accettare la mia piccola azienda familiare come un subappalto, per le forniture che possiamo offrire, sarebbe una salvezza per noi , ora, perché stiamo attraversando un momento difficile"

"Problemi di capitali che mancano?" disse Paolo

" No, non è tanto questo quanto la malattia di mio fratello, era lui che si occupava della ditta, lui , che l'aveva creata, poi si è ammalato, una forma di depressione grave, è stato ricoverato più volte, ma non sembrava migliorare , abbiamo temuto il peggio, che non ce la facesse, che si dovesse chiudere tutto. Io facevo la maestra d'asilo, avevo la mia vita, per un periodo mi sono messa a disposizione, ma se non avessi avuto speranze , avrei abbandonato.

Ora le speranze ci sono: Ettore è entrato in una comunità , in una città dove sia le istituzione che la gente hanno una grande attenzione e sensibilità per la salute mentale e quindi penso che se riesco a tenere in vita l'azienda , mio fratello, al suo rientro , non subirà altre delusioni che possano vanificare i miglioramenti ottenuti."

Paolo pensava a quello che gli era capitato di leggere su Gheel, il paese dove ogni famiglia adottava un matto e dove , per un periodo, aveva vissuto Van Gogh ottenendo un riconoscimento come artista, ma anche come "matto", per cui era fuggito.

Certo avrebbe cercato di aiutare quella ragazza, che, senza saperlo, aveva fatto molto per lui, aprendogli altre chiavi di lettura per la malattia di Stefano, indicandogli nuove strade da percorrere.

Da quel giorno Paolo cercò notizie sulla città della psichiatria per eccellenza e poi partì per verificare di persona situazioni e luoghi.

L'arrivo in quella città di mare , fatta di culture diverse, di etnie diverse, ai confini dell'Italia, proiettata verso il mondo, fu dapprima un toccasana per lui, che sentì i suoi pensieri muoversi più liberamente e i fantasmi dei suoi familiari allontanarsi, lasciandogli più spazio, più sicurezza, più speranza.

Si recò all'ospedale psichiatrico, parlò con alcuni giovani medici che non vollero formulare diagnosi, ma si dissero disposti ad incontrare Stefano e poi a tracciare per lui il percorso più utile.

Sì, la città offriva molti servizi e c'erano anche molte organizzazioni di volontariato e case-famiglia che operavano egregiamente, ma tutto doveva essere valutato con prudenza e con scrupolo.

La sera in cui uscì dall'ospedale era abbastanza presto per andare a mangiare e quindi si recò in uno di quei centri di volontariato di cui gli avevano parlato.

Superato il portone d'entrata , si trovò in uno spazio delimitato da colonne, che sembrava un vecchio chiostro. Qualcuno stava appoggiato alle colonne e chiacchierava, qualcuno sembrava abbandonato su di una piccola sedia come se dormisse.

Vide, di spalle, una donna alta, ben vestita,con un particolare colore di capelli, che , a tratti, raggiungeva la parte più centrale del chiosco, per far cadere la cenere della sigaretta.

Sulle prime aveva provato una insospettata emozione pensando che si trattasse di Erminia, ma quando la donna si girò per buttare la cenere della sigaretta, non ebbe più dubbi :era Erminia.

Fu come incontrare un amico lontano dalla patria e tutte le connotazioni della loro relazione svanirono per lasciare il posto al desiderio di conoscere quel pezzo di storia che li faceva incontrare.

Erminia fece più fatica a riconoscere Paolo : lui era molto più giovane di lei e in quell'età in cui sono molto maggiori le trasformazioni, ma , appena capì, gli corse incontro, lo abbracciò, come se non si fossero mai persi di vista.

Erminia stava per andarsene, potevano uscire insieme, sarebbero andati a mangiare qualcosa e ognuno avrebbe aggiornato l'altro sulle proprie storie.

Parlarono a lungo, al ristorante, ma anche dopo, quando si misero a passeggiare per le strade , di notte,proprio come due che non sono attesi da nessuno, che forse si stanno ascoltando, mentre parlano liberamente con l'altro, e sentono emergere e chiarirsi qualcosa di loro stessi che, fino a quel momento , era stata una presenza confusa, una inquietudine .

Paolo parlava di Stefano ed Erminia parlava di Dimitri, ma , in realtà, erano come due in trance, che raccontano i loro sogni allo psicoanalista, calandoli in altri e quindi senza paura di rivelare troppo di sé.

La sera era piacevole, l'aria era piacevole, la città era straniera quel tanto per poter essere liberatoria, ma accogliente quel tanto per essere rassicurante e vivibile.

Erano arrivati alla piazza sul mare: un lampione illuminava il volto di Erminia e a Paolo sembrava bellissima.

Si alzava una leggera brezza e d'istinto Paolo attirò a sé Erminia come se volesse difenderla dalla frescura, ma lei gli si pose di fronte e senza più parlare mise le sue mani sui suoi capelli e si baciarono a lungo senza sapere con chiarezza chi , in realtà, aveva preso questa imprevedibile iniziativa.

Non parlarono più: come se obbedissero ad una decisione già presa , finirono uno nelle braccia dell'altro, in quella stanza d'albergo che improvvisamente diventò per entrambi un luogo caldo e familiare.

Per alcune ore si cercarono e si guardarono come se volessero capire, essere sicuri di quello che stava accadendo, alla fine si addormentarono sereni, avrebbero detto felici.

La mattina Paolo si svegliò per primo e chiese la colazione in camera, Erminia aprì gli occhi dopo di lui, diede uno sguardo di gratitudine alla colazione , prese il suo caffé e la brioche e si vestì. Poi disse" Io ora devo andare al centro, oggi lavoro, ti ritrovo ?"

" Sì, disse Paolo con semplicità, vengo a prenderti, nel pomeriggio, quando esci"

Sembravano una vecchia coppia, consolidata dalle abitudini comuni e dagli anni, , ma stavano in uno schema che molti avrebbero disapprovato.

Paolo uscì per andare all'Università pensando di impiegare il tempo nell'attesa di Erminia in qualcosa che l'aiutasse a concretizzare quel progetto che ormai si era fatto una strada chiara nella sua mente : sarebbe rimasto in quella città, con

Erminia , e poi avrebbe convinto Stefano a tentare una cura nell'ospedale psichiatrico che aveva visitato.

Camminava lentamente guardando la città e sorrideva al pensiero di quello che avrebbero detto suo nonno, sua madre , l'ingegner Robecchi se avessero saputo della sua storia con Erminia.

In un angolo della sua mente, che gli sembrava funzionasse come un meccanismo nuovo, era comparso anche Maurizio, suo padre, che diceva sorridendo"Eh, facevi tanto lo schizzinoso…" E a quel punto gli venne da ridere tanto che una ragazza che gli passava accanto fu contagiata da quella risata e per uscire dall'imbarazzo di una emozione incompresa disse "Buongiorno!" "Buongiorno " rispose Paolo.

Per le due righe che mi chiedete scriverei:

Ho scritto cinque racconti per dar vita ad un'unica storia di libertà, d'amore, di passione, di follia.

Per la IV di copertina:

Scrivere storie quasi vere è stabilire un dialogo empatico con gli altri: con chi legge.

Si scrive per dar vita a ciò che non si dice, si legge per ritrovare qualcosa di noi che ci viene restituito, come per incanto,al momento giusto e senza conseguenze.

E' forse l'unica vera sorpresa della vita. Un pensiero, un sentimento concorde, senza un prima e senza un dopo, in piena libertà. Forse più che una sorpresa è un prodigio. Carmela Pregadio

Notizie Biografiche

Carmela Pregadio è nata a Enna, ma è stata portata nel Nord Italia a soli due anni. E'laureata in lettere e in Medicina, diplomata alla scuola di psicoterapia ipnotica A.M.I.S.I. di Milano, città dove ha conseguito le due lauree.

Ha già pubblicato una raccolta di poesie "Come una Canzone", Il Libro Italiano, Ragusa 1995; un breve racconto "Una paziente particolare", nella raccolta 137 Medici raccontano, IMS Italia; un saggio scritto in collaborazione con la figlia psichiatra Sarah Viola : "Ciao Papà", ed. Simple .Macerata 2009; un romanzo breve " Le verità stravolte" ed. Simple, Macerata 2010 e il romanzo "la villa" ed. Aletti Villanova di Guidonia, Roma.

Ha vinto nella sezione "racconti" il primo concorso Internazionale di memorie autobiografiche indetto da Thrinakia, Le stelle in tasca, Catania con il racconto "l'isola della malinconia".

Finito di stampare nel mese di Gennaio 2014
per conto di Youcanprint *Self - Publishing*